I0537786

Marie Havard

LA FEMME SANS VISAGE

nouvelle

Le titre de cette nouvelle a été choisi suite à un échange participatif avec un échantillon de lecteurs que je remercie : Amélie, Saby, Martine, Richard, Fabienne, Cécile, Elodie, Julien, Jérôme, Yves-Lise, Vanessa.

DU MÊME AUTEUR

Romans :

L'Or de nos Lendemains (2025)
Les Larmes du Lac (2015)
Les Voyageurs Parfaits (2010)

Nouvelles :

Itinéraires Inattendus (2020)

www.mariehavard.com

La Femme sans Visage a été publiée pour la première fois dans le recueil n°1 de l'Indé Panda, magazine numérique gratuit par des auteurs indépendants.

« Il y a toujours mille soleils
à l'envers des nuages. »
Proverbe Indien

Oh, pour pleurer, on pouvait dire qu'elle avait pleuré. Les larmes la prenaient d'un coup et se répandaient inexorablement comme une fuite dans une conduite de salle de bain. Presque aussitôt, elle avait les yeux rouges et bouffis, la peau délavée, la bouche boursouflée, les narines qui coulaient et elle reniflait bruyamment comme un gamin mal élevé. Pleurer ne l'embêtait pas, elle avait fini par s'y habituer, mais alors, quelle mine épouvantable cela lui donnait !

Réjane n'avait jamais su pourquoi, depuis toute petite, elle pleurait des larmes de crocodile. Cela faisait partie de la routine de la journée, comme boire un verre de jus d'orange le matin, ou fermer la porte à clé le soir. C'était tout à fait banal. Elle n'était pas triste, elle ne souffrait pas de quoi que ce soit, elle n'avait pas non plus une poussière dans l'œil, non, elle n'avait rien de tout cela. Mais elle pleurait.

C'était réellement un inconvénient, qui lui rendait la vie plus difficile à vivre. Imaginez-vous travailler dans une boulangerie, et pleurer sans cesse en vendant le pain ? Pas rassurant pour les clients et pas très commercial. Pleurer lorsqu'on est agent de voyage ? Les vacanciers changent alors de destination. Elle n'avait jamais trouvé d'emploi compatible avec les larmes. Elle pleurait tout le temps, et c'était assez handicapant pour que la sécurité sociale lui accorde un statut d'inapte au travail.

Dans certains pays, pourtant, elle ne serait pas restée sans emploi. Elle aurait pu être pleureuse lors de cérémonies funéraires, comme cela existait encore en Inde, où les *rudaali* étaient engagées pour exprimer la peine de personnes endeuillées qui devaient garder contenance à cause de leur rang. Plus elles pleuraient, criaient, se frappaient la tête de douleur, plus elles étaient payées. Elle avait vu un reportage sur ces femmes à la télévision. Mais en France, un tel métier ne se pratiquait pas. C'était bien dommage.

Elle ne se souvenait pas de la première fois où elle avait pleuré. Mais sa mère, oui. Plusieurs fois, les deux femmes avaient discuté ensemble de cela afin de trouver l'origine du mal…

— Le médecin avait une réponse logique : tu faisais certainement tes dents. Mais tu continuais à pleurer, alors je suis retournée le voir : c'était la croissance. Les peurs nocturnes. Puis le stress de l'école. Puis la jalousie de l'arrivée de ta sœur… Bref, les hypothèses s'enchaînaient mais au fond le véritable problème n'était pas réglé, et tu pleurais toujours sans qu'on sache pourquoi.

— C'est là que tu t'es tournée vers un psy.

— Le psychologue pensait qu'il pouvait y avoir un trouble important caché au plus profond de toi… Quand ton père nous a quittées, tu avais trois ans et demi. J'ai tout de suite pensé à ça, comme traumatisme. Le psy pensait plutôt à un abus. Ou à un stress post-traumatique. Ou une névrose obsessionnelle. Bref… On t'a fait subir toute une batterie de tests de personnalité, ma pauvre chérie. Et on n'a rien trouvé. À l'âge de quatre ans, tu avais passé le test de Rorschach (c'est celui qui est basé sur les taches d'encre) ainsi qu'un test de QI… Ton cerveau et tes réactions ont été sondés par des dizaines de psychiatres différents, jusqu'à tes sept ans…

— Mais aucun n'avait de réponse à nous apporter.

— Non, personne ne trouvait rien d'anormal… On a aussi été voir l'ophtalmologue, tu te souviens ? Il avait ausculté ton canal lacrymal. Techniquement, tout était à sa place, les larmes protégeaient bien la cornée. Il avait même analysé la composition de tes larmes. Tu pleurais jusqu'à un verre et demi par jour, l'équivalent de 30 cl.

Dans le liquide récolté, il y avait 98 % d'eau, des sels minéraux, des lipides, du chlorure de sodium, des protéines, de l'oxygène et, chose bizarre, un peu de curcuma. Il n'avait pas pu expliquer pourquoi.

— Du curcuma ? C'est pas une épice, ça ?

— Si. C'est un condiment originaire d'Inde. L'ophtalmologue était étonné du résultat, il a refait le test, et le curcuma s'est révélé être bien présent, ce n'était pas une erreur.

— Et ce marabout… J'avais quel âge déjà ?

— Tu avais six ans. C'était en mars 1970.

— Je m'en souviens comme si c'était hier. Il était grand et sec comme une branche morte. Dans la pièce flottait une odeur de sève de pin et de champignon, ou une essence du même genre. À l'époque, j'avais surtout trouvé que ça sentait le vieux. Le marabout avait placé sa main au-dessus de la mienne, paume vers le bas, sans me toucher. « Petite, pense très fort à la tristesse. » J'avais fermé les paupières et quelque chose d'étrange était arrivé, je m'étais mise à rêver que j'étais quelqu'un d'autre. Il faisait chaud et j'étais entourée de belles femmes voilées, aux yeux noirs maquillés, dépliant des étoffes aux mille couleurs. Puis cette vision s'était évanouie.

— Ce brave homme a fait ce qu'il a pu pour te retirer le mal. Tu te souviens de cette décoction qu'il t'avait conseillé de boire chaque jour, pour arrêter les pleurs ?

— Oh oui, c'était infect !

— De la pulpe d'oignon infusée en tisane. Tu as

bu cette potion tous les matins au petit-déjeuner et tous les soirs avant de te coucher, pendant un an. Inefficace, encore une fois…

Alors qu'un corps humain était fait de 65% d'eau, le sien en contenait 80% et elle pleurait les 20% de différence. Elle était un cas unique qui restait un mystère pour la médecine.

L'enfance de Réjane s'était déroulée dans la solitude, entre les câlins de sa mère inquiète et les moments de jeux avec ses poupées. Elle avait peu d'amies. Au collège, à l'âge où ses camarades de classe commençaient à se maquiller, elle restait à l'écart. Oh, elle avait bien essayé, une fois, de se maquiller, mais au lieu de la rendre plus belle, le maquillage coulait à la moindre larme et lui donnait un air encore plus pitoyable. Il y avait bien les produits waterproof, mais à quoi bon, elle aurait les yeux rouges et bouffis de toute façon et ne souhaitait pas les mettre en valeur.

Dans les cours d'école, quand les enfants riaient et couraient, elle pleurait en cachette, loin des autres. On se moquait d'elle et de ses gros yeux rouges : on l'avait affublée du surnom « le crocodile ».

Sa vie amoureuse était un désastre. Personne ne souhaitait vivre avec une fille qui pleurait sans cesse. Avec son premier véritable petit-ami, elle avait réussi à cacher son handicap pendant quelques semaines. Puis elle avait pleuré juste après l'amour. Cette originalité avait charmé le jeune homme. Mais dès le lendemain, il s'était rendu compte que cela n'avait aucun rapport avec lui, et blessé dans son amour-propre, il l'avait quittée sans ménagement.

Côté carrière, elle avait mis du temps avant de trouver sa voie. À l'âge de vingt ans, elle avait enfin décroché un petit boulot d'actrice : elle ne jouait que les rôles qui demandaient le plus de mal aux comédiens, ceux de la veuve éplorée ou de l'amoureuse délaissée, ces rôles où l'on devait être malheureux. Mais les autres filles lui en voulaient d'avoir la larme facile. Et puis, si elle pouvait pleurer sur commande, c'était aussi plus difficile de s'arrêter. Son contrat s'était finalement terminé, avec la raison suivante inscrite sur le courrier de licenciement : « Surjoue le rôle ».

Elle avait ensuite été salariée d'une grande entreprise pharmaceutique dans le service Qualité des produits. En une semaine seulement, elle était devenue la pro des mouchoirs en papier double ou triple épaisseur, parfumés à la menthe ou à la clémentine, ou encore antibactériens. Elle les avait utilisés dans des centaines de situations et testé leur résistance ainsi que leur douceur pour la peau. Ce métier semblait fait pour elle : elle se mouchait naturellement plusieurs dizaines de fois par jour, à chaque crise, et elle pouvait essayer un nouveau produit toutes les deux heures environ. Malheureusement, l'entreprise avait fini par la remplacer par une machine qui éprouvait la qualité des produits beaucoup plus vite qu'elle (la totalité des mouchoirs était analysée en même temps, en dix minutes seulement), et qui sortait des graphes chiffrés et des comparatifs précis. Elle ne pouvait pas rivaliser avec cela.

— Pourquoi n'essaierais-tu pas de devenir pilote de Canadair ou bien pompier ? avait suggéré sa mère en souriant.

— Très drôle, maman.

Ça avait été une période difficile. Elle était à la limite de la dépression. La seule activité qui lui apportait du bien-être était nager – immergée dans l'eau, pleurer n'était plus un handicap.

Elle avait pris l'habitude de conserver ses larmes en bouteille afin d'en faire bénéficier cette flore qui peuplait son appartement. Elle avait conçu une machine qui s'apparentait à un tire-lait et qu'elle avait nommé le « tire-larmes ». Elle plaçait ces lunettes trois fois par jour sur les yeux et pouvait laisser libre cours à ses pleurs sans se mouiller ; le liquide était récupéré, elle en mesurait la quantité à chaque crise et notait tout sur un cahier, avec une courbe de l'évolution. Pour elle, il était inadmissible de gâcher cette eau, ressource dont certains manquaient. Elle stockait ses larmes en bocaux, qui se conservaient durant trois jours à l'abri de la lumière, et elle arrosait ses plantes avec ce petit pécule et tout poussait en abondance. C'était ainsi qu'elle parvenait à gagner sa vie désormais : elle cultivait des plantes exotiques sur demande et les vendait sur internet.

Régulièrement, elle se rendait dans le cabinet du Docteur Bonnejoue pour faire un don de larmes. Grâce à elle, des personnes insensibles avaient de nouveau pu pleurer. Le docteur Bonnejoue avait concocté un extrait à partir de ses sécrétions lacrymales pour en faire un sérum, à injecter en goutte à goutte dans les yeux qui manquaient de larmes. Ils avaient ensemble mis au point ce procédé breveté qui permettait à Réjane de compléter ses revenus.

Elle pleurait toujours, plusieurs fois par jour, sans autre raison que celle de se sentir vaguement triste. Elle avait dû réorganiser son quotidien : elle ne devait se déplacer qu'avec des bouteilles d'eau minérale et boire au moins trois litres par jour pour se réhydrater. Elle devait régulièrement faire contrôler ses yeux, dont les vaisseaux sanguins se gonflaient anormalement sous l'effort répété des crises multiples. La dermatologue lui prescrivait aussi une crème spéciale pour soulager la peau du contour des yeux.

Les années avaient passé et elle avait appris à vivre avec ses larmes. La seule chose qui la tracassait, depuis qu'elle avait dépassé les quarante-cinq ans, c'était son visage. Il changeait, elle devait bien l'admettre. Tant de larmes l'avaient délavé. On n'y trouvait plus ni malice ni charme. Sa peau était une terre désolée, transformée par d'innombrables inondations, ses yeux étaient sans expression, son nez une incohérence au milieu de cette figure, ses lèvres sans couleur et sa bouche un trou béant.

Elle restait souvent des heures dans la cuisine, assise à table, dans le silence troublé uniquement par les spasmes de l'horloge. Elle aimait bien être dans cette pièce. Le frigo qui grelottait était comme un compagnon de tristesse. Elle préférait être là que dans la salle de bain. Peut-être parce que cette pièce n'avait pas de miroir pour lui renvoyer son image floue. Et puis, elle aimait cuisiner. Parfois, elle utilisait une de ses larmes pour donner un goût unique à ses plats.

Un matin, le pire de tous les matins, elle s'était levée sans visage. C'en était fini, les larmes avaient eu raison d'elle. Quand elle s'était regardée machinalement dans le miroir au-dessus des w.c., elle n'avait rien vu. Elle avait beau chercher, il n'y avait aucune trace de faciès, juste un amas de cellules désordonnées. Personne ne pouvait plus la reconnaître, rien ne la distinguait des autres, ou même d'animaux ou de plantes. Car qu'est-ce qui fait l'homme et la femme ? Une physionomie. Une femme sans visage en est-elle toujours une ? Elle n'était plus qu'un être vivant inclassable.

Perdre son visage ne l'avait même pas étonnée. C'était la suite logique de sa « bizarrerie ». Elle était quand même retournée dans sa chambre, pour voir si elle ne pouvait pas le retrouver dans les plis des draps ou sur l'oreiller. Mais il n'y avait rien. Elle l'avait peut-être perdu pendant son sommeil. Elle haussa les épaules. Finalement, que faire d'une physionomie délavée ? À quoi bon en avoir une, si c'était pour qu'elle la retrouve dans ses mains à force de pleurer ? Sans visage, plus besoin de se forcer à sourire ni d'avoir honte de sa figure ou de ses larmes. Elle parvenait toujours à voir et à respirer – elle ne savait pas par quelle magie, mais c'était l'essentiel.

Ce jour-là, quand elle plaça le tire-larmes comme à son habitude, étonnamment, la récolte fut quasi nulle : à peine trois fonds de larmes. C'était la première fois depuis toutes ces années qu'elle ne pleurait pas. Le réservoir était à sec.

Si seulement sa mère avait été là, elle aurait pu partager cela avec elle ! Mais elle avait quitté ce monde cinq ans auparavant.

Elle prit le téléphone et contacta le docteur Bonnejoue, qui la suivait depuis toutes ces années. Ils avaient travaillé ensemble sur son « once de tristesse », qu'elle ressentait tout au fond d'elle-même, au loin, et qui était, selon le médecin, la source de ses symptômes. Elle avait eu de nouveau, à plusieurs reprises, cette vision des tissus colorés. Mais à chaque fois qu'ils s'approchaient de quelque chose d'important au cours d'une séance, la tristesse s'enfonçait un peu plus, comme un mot qu'on a sur le bout de la langue, mais qu'on n'arrive jamais à retrouver.

Réjane exposa la situation, comment elle s'était réveillée sans visage, et le docteur fut très compréhensif :

— J'annule tous mes rendez-vous ; venez dans mon cabinet dès que vous le pouvez.

Arrivée dans la salle d'attente, elle dut faire un signe de la main pour que le médecin, qui scrutait la pièce, la reconnaisse malgré son changement de physionomie, ou plutôt, son manque de physionomie. Réjane réalisa qu'elle était presque devenue invisible : on ne la regardait pas, on ne la voyait pas.

Le docteur Bonnejoue l'ausculta et admit qu'elle avait effectivement perdu son visage.

— On ne s'en rend vraiment compte qu'en vous observant de près. Autrement, on ne prête pas attention à vous.

Il lui posa tout un tas de questions :

— Quand avez-vous croisé votre regard pour la dernière fois ?

— Cela fait un moment... Je ne me regarde plus, vous savez. Parfois, je m'aperçois, mais c'est tout.

— Votre attitude est très risquée... Ne plus se regarder, c'est le début de sa propre disparition, car on n'existe que sous le regard d'autrui. Il se peut que votre visage, vexé qu'on ne s'occupe plus de lui, soit allé voir ailleurs.

— Mais... comment est-ce possible ? Et comment puis-je perdre mon visage sans que cela se remarque ?

— Il est difficile de définir le pourquoi, mais il l'est d'autant plus de définir le comment. Il vous reste bien des cellules, des pigments, des pores, mais tout cela mis ensemble ne constitue plus une expression. Pas de sourcil, pas de paupière, pas de narine, pas de lèvres. Le plus étonnant, c'est que de prime abord, on ne voit rien. Rien d'anormal, mais rien non plus. Ce n'est qu'en vous observant en détail qu'on s'aperçoit que vous n'avez plus de profil.

— Que faire, docteur ? Je ne peux pas rester comme ça.

— Pour retrouver votre physionomie, il faudrait redonner un ordre et un sens à ces différents éléments que sont vos cellules, vos pigments, vos pores. Je peux travailler sur une telle formule, mais je n'ai aucune idée de combien de temps cela peut prendre avant d'aboutir à un résultat. Ce sont des opérations qui n'ont jamais été faites auparavant par aucun médecin sur terre.

— Et pour mes larmes ?

— Le problème de l'arrêt complet des pleurs est certainement lié à ce traumatisme physique. Sans visage, comment pleurer ? Deuxième hypothèse : la source peut s'être tarie. Il va falloir être prudente, Réjane. Il y a un risque que la perte de votre physionomie aboutisse à votre perte complète. La quantité de sécrétions a-t-elle été normale hier ?

— Oui, j'ai sorti 32 cl en trois séances de tire-larmes…

— Avez-vous remarqué un changement qualitatif des sécrétions : étaient-elles plus troubles, plus odorantes ?

— Non, docteur, je n'ai rien noté d'inhabituel.

— Mmh, c'est fâcheux.

Le docteur ne voulait pas l'avouer, mais il était très embêté. Si Réjane ne pleurait plus, il pouvait dire adieu au pécule qu'il amassait grâce au brevet sur le sérum à partir de ses larmes. Adieu la retraite dorée aux Caraïbes ! Il fallait que cette femme pleure à nouveau, ou bien il était perdu.

— Si seulement... Si seulement nous retrouvions des indices, des traces de votre ancien profil... Cela me permettrait de gagner du temps sur la formule.

Il examina la peau de Réjane à la loupe, mais ne trouva rien de pertinent. Même dans le piège à cellules mortes constitué par l'étroit sillon creusé derrière les oreilles (qui, anatomiquement, n'étaient plus vraiment des oreilles sur cette patiente), il ne découvrit pas quoi que ce soit qui puisse l'aider. D'un coup, il eut un éclair de génie :

— Montrez-moi vos mains, je vous prie.

Réjane obéit et tendit ses paumes vers le haut.

— C'est bien ce que je pensais. Au creux de vos mains, ici, vous voyez, se trouve l'empreinte de votre visage.

Il releva la tête d'un air satisfait. Son rêve de retraite dorée reprenait forme et il s'imaginait même allongé sur un transat, sirotant un Mojito, entouré de femmes lascives en bikini.

***

À 6 604 km de là, en Inde, plus précisément au Rajasthan, dans le petit village de Mori Bera, une vieille dame était admirée de tous. Elle n'avait pas cherché cette notoriété et pourtant, sa renommée était telle qu'on venait des quatre coins du pays pour être irradié par sa lumière.

Soraya n'avait pas eu une vie facile, mais elle n'avait jamais pleuré. Même quand son meilleur ami avait été dévoré sous ses yeux par un crocodile qui terrorisait tout le village, quarante-sept ans plus tôt.

Elle se souvenait très bien de ce jour-là. Le jeune adolescent se baignait dans une grande mare d'eau de pluie, la priant de le rejoindre, l'éclaboussant en riant... Elle avait hésité un moment, préférant l'admirer à distance. Il était si beau, son torse nu ruisselant mettant en valeur ses muscles discrets... L'instant d'après, tout avait basculé, si vite... Elle avait juste eu le temps de voir le sourire de son ami se crisper. Son regard affolé. Akki avait été soudainement tiré au fond de l'eau. À la surface, seulement des remous, puis cette affreuse couleur rouge. Elle avait crié, couru dans tout le village pour obtenir de l'aide. Les habitants s'étaient amassés autour de la mare, mais aucun n'osait prendre d'initiative. Ils étaient tous si impuissants face au monstre de 500 kg...

Le garde forestier était arrivé, avec un fusil armé de tranquillisants, le seul du village à pouvoir réellement les défendre. C'était la troisième attaque depuis le début de l'année. Les crocodiles s'étaient habitués à la présence de l'homme et n'avaient plus peur, ainsi quand la faim les titillait ils n'hésitaient plus à être agressifs.

Soraya avait vu la tête du reptile revenir à la surface, la gueule ensanglantée. Elle se souvenait de son œil glauque, presque hautain, sûr de lui et satisfait. Il avait laissé couler une larme avant de mouvoir ses triples paupières et de sombrer dans l'eau trouble pour fuir le lieu de son crime. Le garde forestier avait tiré à quelques centimètres de lui, le manquant de peu. Presque au même moment, le corps déchiqueté d'Akki était revenu à la surface, et tout le monde avait couru à lui. Il était mort.

Jamais Soraya n'oublierait la larme du reptile. Cela la confortait dans sa conviction de ne jamais pleurer, pour ne pas ressembler à ce monstre. Cette larme était un affront à l'humanité. Elle était le résultat d'un acte si prosaïque, si sauvage… Manger un homme. Pas n'importe quel homme. Akki. Lui qui était si gentil avec elle, qui lui chantait de jolis airs, qui lui fabriquait des moulages en glaise. Lui qui l'avait aidée à garder espoir alors qu'elle était mariée de force à ce vieillard tyrannique, que la différence d'âge ne choquait pas. Et ce crocodile, en un coup de dent, avait tout détruit… C'était ignoble.

Ce jour-là, les gens avaient été étonnés qu'elle ne pleure pas, alors qu'elle venait de perdre son unique ami. Pendant que tout le village épanchait sa douleur et criait à s'en déchirer les poumons, elle avait gardé contenance avec un sourire discret et sérieux, qui se voulait apaisant. Pourtant il n'y avait personne sur terre de plus triste qu'elle à cet instant.

Soraya n'avait jamais pleuré de sa vie. Elle ne connaissait pas cet acte émotionnel qui se matérialisait par une réaction physique étrange : la perte de liquide par les yeux. Pourtant, elle avait eu une enfance difficile, ou pas d'enfance du tout, même. La souffrance, elle l'avait ressentie toute petite : avec la douleur de l'excision alors qu'elle n'avait que huit ans, avec la faim qui la tiraillait pendant que ses parents donnaient les plus grosses parts de nourriture à son frère, avec la fatigue du travail pendant que son frère, lui, était scolarisé. La colère, aussi, avec le mariage forcé avec un vieillard lors de la fête des moissons du mois de mai de ses dix ans. Elle était à la fois révoltée et apeurée. Ses parents l'avaient vendue contre un peu d'argent et elle n'avait rien pu faire. Ils l'avaient trahie. Si seulement elle avait pu s'échapper avant le mariage... Mais cela n'avait pas été possible. La tristesse de ne plus voir ses sœurs, la douleur des viols collectifs par son nouveau mari et ses frères, la solitude et l'enfermement. Le déchirement d'avoir eu son premier enfant à onze ans et d'avoir dû l'abandonner à la rue parce que c'était une fille et que son mari voulait la tuer. La tristesse de sa vie soumise à un mari violent, insatisfait de sa faible dot. Malgré cela, elle n'avait pas pleuré. Elle avait dignement surmonté ces épreuves, en silence, et son visage n'en devenait que plus beau année après année.

Le jour où le crocodile avait croqué Akki, elle avait couru jusqu'au lac formé par la rivière Jawai et elle s'était accroupie au bord de l'eau, désemparée. Elle était restée ainsi durant des heures, à penser à son ami si gentil, à sa mort terrible et injuste, puis à ces gens qui la jugeaient parce qu'elle ne pleurait pas. Elle savait qu'elle avait depuis toujours un réflexe de survie, qui finalement était comparable à celui du crocodile. Le reptile pouvait rester sous l'eau plusieurs heures et pour cela, il détournait sa circulation sanguine uniquement vers les organes vitaux : le cerveau et les poumons. Soraya détournait elle aussi sa tristesse en préservant son organe essentiel, son cœur. Elle parvenait à rejeter le poison de toutes les émotions négatives vers l'endroit de son corps qu'elle respectait le moins, ses pieds, et plus précisément son petit orteil.

Cette extrémité d'elle-même était comme la troisième paupière du crocodile, qui protégeait ses yeux lorsqu'il était sous l'eau : son orteil était presque invisible, mais il la protégeait des mauvaises choses de la vie. Soraya faisait le tri et conservait uniquement les bonnes émotions.

Elle rentra tardivement du lac ce jour-là, le jour de la mort d'Akki. Son vieillard de mari l'attendait, mécontent, et il la battit sans pitié pour la punir. À chaque coup de bâton, il lui rappelait ce qu'elle n'avait pas le droit de faire.

— Tu ne quittes pas la maison ! Interdiction de parler à des hommes ! Et surtout, ne *regarde pas* un homme !

À chaque coup, Soraya fermait les yeux.

— Tu dois être soumise ! N'exhibe pas ton corps ! Consacre-toi uniquement aux tâches ménagères !

À chaque coup, elle concentrait sa douleur et sa rancœur à l'extrémité d'elle-même, vers son orteil.

Pendant des années, elle avait continué humblement sa vie d'épouse. Elle se levait à 4 h pour aller chercher de l'eau. Elle portait une cruche sur la tête et une sur les hanches, accompagnée d'autres femmes du village. Puis elle balayait le sol de terre battue et dessinait sur le seuil un Kôlam[1], une arabesque gracieuse, avec de la farine de riz. Lakshmi, la déesse de la prospérité, n'entrait que dans les maisons propres et accueillantes.

Soraya commençait ensuite à cuisiner pour le petit-déjeuner de son mari et des enfants. Elle préparait des petits pains, des crêpes épaisses, des purées de lentilles, de banane, ou de yaourt, des pâtés de riz, des sauces épicées au curcuma, des légumes. Elle faisait des gamelles repas pour le midi. Dans l'arrière-cour, elle tirait de l'eau du puits pour la vaisselle, la lessive et le bain. Elle trayait la vache pour le lait, puis ramassait sa bouse pour l'étaler dans l'allée. Elle faisait chauffer le lait et le café et le servait à son mari qui déjeunait. Elle réveillait ensuite les enfants, les préparait. Elle lavait le linge, nettoyait sa cuisine, puis allait dans le potager entretenir les lentilles et les légumes qu'elle cultivait. Son mari partait pour les champs, et lorsqu'il revenait, il sommeillait dans un hamac. Elle n'avait pas une minute à elle et se couchait épuisée.

Quand son vieux mari mourut, elle ressentit une grande joie. Elle était enfin libérée ! À vingt-trois ans, elle avait la vie devant elle. Mais un frère de son

---

[1] Kôlam : motif géométrique éphémère, tracé à la main à même le sol, avec de la poudre de riz et des couleurs, à l'entrée des maisons en guise de bienvenue et pour porter chance.

mari en particulier lui menait la vie dure. Partisan du suicide rituel des veuves et voyant que Soraya ne s'apprêtait pas à commettre un tel acte à la mort de son époux, il avait tenté de l'immoler par le feu. Elle avait réussi à en réchapper avec un bras fortement brûlé et son profil intact.

Malgré sa brûlure, elle était reconnue dans le village par sa grande beauté, une beauté unique, qui devenait plus frappante de jour en jour. Les gens se retournaient sur son passage lorsqu'elle marchait dans la rue, sereine et souriante, généreuse, entourée des quatre enfants qu'elle avait eus avec le vieillard, Asha (Espérance), Bhanu (Soleil), Tarakini (Nuit Étoilée) et Kiran (Rayon de Lumière). Elle n'avait rien d'ordinaire. À chaque épreuve, son orteil devenait un peu plus noir et son visage plus rayonnant.

Les gens du village étaient surpris par sa force mentale et son optimisme à toute épreuve. Il n'était pas rare que l'on vînt lui rendre visite pour obtenir des conseils ou simplement pour ressentir sa bonne humeur. Son rire coulait comme une rivière pour abreuver les parages, il s'entendait dans toutes les oreilles alentour. Quand elle chantait, sa voix pénétrait l'âme et amenait les gens à fredonner à leur tour. On disait aussi qu'il suffisait de la voir pour être heureux.

Soraya connut d'autres hommes et se laissa à chaque fois guider par son cœur. Elle donna naissance à dix-huit enfants, dont douze filles, qui eurent elles-mêmes des enfants et des petits-enfants. Ainsi, à soixante et un ans, elle était à l'origine de l'existence de quatre-vingt-douze personnes heureuses et bien éduquées. C'était sa contribution à ce monde.

À présent, Soraya ne pouvait plus marcher. Au fil des années, son petit orteil était devenu noir, puis l'orteil d'à côté, et ainsi de suite jusqu'à ce que neuf de ses doigts de pied soient entièrement sacrifiés. Il ne lui restait qu'un morceau du pouce gauche qui n'était pas touché. Soraya était une vieille femme, mais elle se souvenait de chaque instant vécu. Elle ne s'était épargné aucun des aléas de la vie et les avait surmontés courageusement. Elle avait suivi l'enseignement du célèbre proverbe « *Ne coupe pas les ficelles quand tu pourrais défaire les nœuds.* »

Soraya était devenue la plus belle femme du monde. Honorée comme une divinité, elle vivait de dons multiples en nature : nourriture, bijoux, fleurs… Certains voyaient en elle une incarnation de Lakshmi, la déesse de la beauté et de la prospérité, d'autres la croyaient la mère de l'univers, source de vie et de sagesse. Lors de ses sorties en ville, on tendait la main pour la toucher.

Certains de ses enfants et des admiratrices dévouées prenaient soin d'elle au quotidien. On l'habillait chaque matin d'un splendide sari. On présentait devant elle des tissus colorés de plusieurs mètres de long, turquoise, orange, rose, jaune comme le soleil… et elle choisissait celui qu'elle voulait porter – souvent le jaune, car c'était sa couleur préférée. On recouvrait son bras brûlé. On brossait ses longs cheveux noirs, huilés avec de la noix de coco, du jasmin et de la rose, puis on les coiffait d'une écharpe en soie ornée de bijoux. Avec du safran séché, on traçait un point rouge sur son front, symbole du soleil levant. On lui massait les joues et les mains avec un onguent au santal blanc. Enfin, les femmes lui appliquaient quotidiennement sur les pieds une pâte carmin obtenue par un mélange de curcuma et de jus de citron, pour masquer leurs orteils noirs.

Soraya se laissait faire. Elle était comme une vache sacrée que l'on décorait et que l'on honorait. Elle n'avait pas souhaité cela, mais il en était ainsi et elle jouait son rôle humblement.

Elle demeurait assise en tailleur, entourée de fleurs de lotus et de dons divers, et des centaines de pèlerins venaient lui rendre visite. Chaque matin, tous ces gens qu'elle ne connaissait pas attendaient, dehors, en file indienne, l'entrevue qui changerait leur existence. Immuable dans son sari jaune, avec ses yeux d'un noir de jais qu'ornait un trait de khôl, le teint éclatant et le sourire permanent, elle forçait l'admiration et la reconnaissance. Son regard incandescent nourrissait l'âme des visiteurs ébahis. Son visage était fait de détails infinis, on y lisait les réponses à ses maux. Son nez n'était pas simplement un nez, il exprimait les vallons de la vie et le destin de chacun, sa joue était une plaine où existaient une foultitude de cellules vivantes, ses oreilles des océans mélodieux offerts aux vents marins, sa bouche le cratère d'un volcan de connaissances, ses sourcils les feuilles des forêts de l'Amazonie.

Parfois, elle se demandait ce qui arriverait quand son gros orteil lui aussi serait tout noir. Est-ce que cela continuerait avec une autre partie de son corps ? Mais où ? Est-ce qu'elle perdrait cette protection, cette force ? Comment aider tous ces gens alors ?

— Madame Soraya, les monsieurs de la télévision sont là. Ils viennent vous filmer.

Elle avait entendu parler de cette « télévision », mais n'en avait jamais eu.

— Merci, ma belle. Peux-tu me conduire près de la rivière ? Ainsi ils pourront prendre des images de notre joli village.

On l'installa sur un tapis de coussins colorés. Comme il faisait très chaud, on disposa des tissus de voile de façon à ce qu'elle puisse s'abriter du soleil. Toute une ribambelle de gamins l'entourait et l'observait. Certains la serraient spontanément contre eux ou déposaient des baisers sur ses mains.

L'équipe de tournage s'avança et tous eurent un moment d'absence lorsqu'ils rencontrèrent son expression. Cette femme irradiait littéralement.

Le journaliste fit signe au caméraman de faire un plan rapproché et il tendit son micro vers Soraya. Comme à son habitude, elle était assise en tailleur, paumes ouvertes vers le haut, les bras couverts de bracelets. Autour d'elle, la brise faisait vibrer les voiles colorés. Avec son sari, elle ressemblait à un oiseau au plumage chatoyant.

Le journaliste ne savait pas par où commencer. Il était tellement ému devant cette femme qu'il en avait oublié toutes ses questions. Ce fut elle qui brisa le silence, en riant.

— Donnez-moi votre main.

Il fit ce qu'elle lui demandait. Instantanément, il sentit une grande chaleur atteindre son cœur. Tout devint plus clair dans son esprit.

— Soraya, vous… Comment faites-vous ? Pour être si positive, je veux dire.

— Il y a des remèdes pour la maladie, il n'y en a pas pour la destinée. Alors, pourquoi se morfondre sur des choses que l'on ne peut pas empêcher ? Il faut faire un tri sélectif. Et rire.

— À vous entendre, tout semble si simple… Quel est votre plus grand bonheur quand vous vous levez le matin ?

— Celui de savoir mes enfants heureux.

— On dit que vous n'avez jamais pleuré de votre vie. Est-ce vrai ?

— Oui, c'est vrai.

Elle se mit à rire et il ne put s'empêcher de rigoler à son tour. Puis il reprit :

— Aujourd'hui, vous êtes connue dans le monde entier. En avez-vous assez, parfois, de cette foule de gens malheureux qui viennent vous voir ?

— Non, je suis vraiment heureuse de les aider. Je partage le bonheur avec ceux qui en ont besoin.

— Quel conseil donneriez-vous à chacun d'entre nous ?

— De faire confiance à ses pieds.

Elle rit à nouveau. L'homme aussi, machinalement. Il ne savait pas si elle faisait de l'humour ou si c'était un vrai précepte.

— Une dernière question : quelle est votre astuce beauté ?

— Une cuillère de curcuma chaque jour dans le riz. C'est un antioxydant naturel, une épice de longévité.

— Merci Soraya.

L'équipe continua de filmer. Au moins trente individus attendaient leur tour derrière le journaliste.

Un homme abattu tendit sa main déformée par la goutte, avec laquelle il ne pouvait plus travailler. Soraya posa délicatement sa paume sur son poignet et l'inflammation disparut. Une femme amena son bébé qui pleurait ; à la vue de Soraya, il s'apaisa aussitôt. Défilèrent ainsi des dizaines de personnes et chacun repartait un peu plus droit, un peu plus souriant, un peu plus heureux. Elle touchait des têtes, des mains, des ventres. Parfois, il s'agissait de trouver une solution à des problèmes prosaïques :

— Soraya, mon mari me trompe, je suis malheureuse. Que faire ?

— Commencez par bien nettoyer votre maison et à prendre soin de vos cheveux. Vous verrez, il va revenir vers vous.

Certains ne venaient que pour la voir et la toucher. Ils ne parlaient pas, mais Soraya devinait leur peine et allégeait leur douleur d'un geste. D'autres arrivaient en pleurant et partaient avec le sourire. D'autres encore voulaient un morceau de son sari en souvenir. Généreuse, il ne lui restait souvent à la fin de la journée que de quoi couvrir son corps. Mais elle s'en moquait, ce n'était pas important.

Le soleil finit par décliner et l'équipe de tournage s'en alla. Soraya se fit ramener chez elle. La maison avait été aménagée de façon à ce que tout soit accessible au rez-de-chaussée. Sa petite fille Sandya s'occupait d'elle le soir et lui tenait compagnie pendant le repas. Puis elle l'assistait pour la toilette.

En se lavant, Soraya vit que le dernier morceau de son gros orteil était devenu noir. Elle ne dit rien, car sa petite fille n'avait rien remarqué. Une fois démaquillée, déshabillée et vêtue de sa tenue de nuit, Soraya prétexta être fatiguée.

— Ils prévoient de la forte pluie ce soir, ma chérie. Rentre auprès de ton mari et de tes enfants et fais attention à toi. Je vais me débrouiller seule. Je suis épuisée, dès que tu auras fermé la porte je vais m'endormir !

— Bonne nuit, Dadi.[2] À demain.

— À demain, Sandya.

Lorsque sa petite fille partit, tout devint silencieux. Soraya appréciait de se retrouver au calme après toute cette animation de la journée. Installée dans son lit, près de la fenêtre ouverte pour profiter un peu de la fraîcheur crépusculaire, elle écoutait, attentive, les bruits de l'extérieur : les criquets, les chats qui se battaient, les oiseaux. Le coucher de soleil était toujours magnifique. Elle n'en manquait jamais un. Il lui rappelait que toute chose, bonne ou mauvaise, a une fin. Ce soir-là, le ciel était particulièrement beau, parce que les nuages s'étaient amoncelés avec l'orage qui arrivait et que le soleil

---

[2] « Dadi » : mamie en rajasthani.

couleur feu s'y reflétait. L'air qui entrait sentait l'humidité, annonçant la pluie à venir. Soraya n'aimait pas la pluie : c'était de mauvais augure, un peu comme les larmes. Elle avait vu ses enfants sangloter, ses petits-enfants aussi. Elle n'aimait pas ça et les consolait aussitôt. Trop pleurer attirait le malheur. Sa progéniture ne semblait pas avoir hérité de son don de ne pas verser de larmes.

Allongée sur le lit, elle regarda ses pieds. Les doigts de pied boudinés étaient tous devenus noirs. Ce n'était pas très joli, mais elle s'était habituée à cette couleur au fil des années. Ils n'étaient pas seulement noirs, ils étaient comme morts. Insensibles. À cause de ces orteils, elle ne pouvait plus marcher, ses pieds déséquilibrés ne parvenaient plus à porter le poids de son corps. Le reste de son pied était normal et le décor au henné l'embellissait.

Dehors, la pluie commençait à tomber. Soraya pouvait entendre les grosses gouttes frapper le sol, de plus en plus vite, de plus en plus fort. En quelques minutes, cela devint un véritable rideau de pluie. Elle entendait les voisins placer des bassines pour récupérer l'eau, denrée rare.

Cette averse n'était pas comme les autres. Soraya avait vu les signes : l'humidité sur le mur de l'arrière-cour, les oiseaux qui renforçaient leur nid, l'homme à la caméra. Tout cela indiquait qu'un changement allait se produire. Mais elle n'avait pas peur, elle attendait que cela arrive.

La nuit était là. Par la fenêtre, Soraya apercevait l'eau ruisseler dans la rue. Le fleuve Jawai allait sortir de son lit et ajouter sa puissance à tout cet écoulement. Elle l'avait déjà vu plusieurs fois inonder des parcelles de riz ou de thé environnantes. Après ça, il fallait nettoyer toute la boue et souvent réparer les murs bâtis en terre et en excréments d'animaux.

Comme l'air était de plus en plus frais, Soraya ajusta son châle sur ses épaules et sa poitrine. Bercée par le bruit de la pluie, elle se mit à sommeiller un peu.

Lorsqu'elle rouvrit les yeux, l'eau avait atteint la maison. Dans l'obscurité, elle devinait le ruissellement qui s'immisçait par le seuil de l'entrée, dans la grande pièce où elle dormait. C'était rare que l'eau monte à ce point. La porte vibrait sous la force du courant. Dans la rue, un torrent d'un demi-bras de profondeur s'était créé, emportant doucement bassines, déchets, branches d'arbres… L'inondation prenait de l'ampleur, par vaguelettes, léchant le sol de la maison, et bientôt encerclant le lit.

— Je vais être comme dans un radeau, se dit Soraya.

Soudain, la porte s'ouvrit avec fracas, sous la force d'un tronc d'arbre mort amené là par la rivière. Les flots envahirent la pièce rapidement.

Soraya se rendit compte assez vite de son erreur : ce n'était pas un tronc. C'était un crocodile. Il sortit lentement la tête de l'eau. D'abord ses gros yeux. Puis son museau. Il gardait sa gueule à moitié immergée en la regardant. Il n'avait pas l'air étonné d'être là. Il se dirigeait vers elle, en glissant sans bruit, comme s'il avait toujours voulu venir là. Il traversa rapidement la petite pièce et fut près d'elle en quelques secondes.

Soraya restait immobile. Était-ce donc ça, son destin ? Après toutes ces années, après tous ces malheurs qu'elle avait connus, la seule chose qui l'effrayait encore était les crocodiles. Leur puissance sournoise et discrète. Leurs pattes raides. Leur gueule immense.

La couche de Soraya trembla sous la poussée du reptile qui avait pris pour cible un des pieds du lit. Elle le voyait qui faisait des allers-retours d'un côté puis de l'autre, en passant sous elle. Le sentir si près la rendait malade. Et si l'eau continuait à monter ? Il pourrait sans problème s'attaquer à elle. Le sommier fut à nouveau secoué, comme un dernier rappel, un dernier battement de cœur. Soraya savait ce qu'elle devait faire.

Elle s'approcha du bord du lit. Elle s'accorda un instant d'hésitation, puis s'assit sur le rebord, de façon à laisser ses jambes retomber à l'extérieur. Elle immergea ses pieds dans l'eau.

Elle sentait la caresse de l'onde sur ses chevilles. La bête revint de ce côté du lit et lui frôla les jambes en passant. Son corps était froid et rêche. Il se tourna vers elle et attendit, en clignant des yeux avec sa troisième paupière.

Soraya pensa à son cher ami Akki, à ce jour où il était mort déchiqueté et à la larme du reptile. Le temps de la vie lui avait permis de s'informer sur les crocodiles. En Floride, l'alligator américain avait les yeux qui coulaient lorsqu'il mangeait et ceci s'expliquait scientifiquement : les glandes salivaires de l'animal, activées quand il mastiquait, faisaient pression sur les glandes lacrymales et les déclenchaient. Le crocodile qui avait dévoré Akki avait eu le même réflexe que son cousin américain.

— Akki…

Le jeune garçon l'enlaçait de toutes ses forces et elle posa sa tête sur son épaule.

À ce moment-là, le crocodile ouvrit la mâchoire et en un seul coup vif et précis, la libéra de ses dix doigts de pied comme on croque des radis, puis il partit par la porte béante, aussi vite qu'il était venu. Soraya ne sentit rien. Elle détestait tellement cette partie d'elle-même qu'elle fut même soulagée que ses orteils noirs comme du charbon, témoins de ses peines passées, disparaissent dans le néant. Mais pour la première fois de sa vie, elle se mit à verser des larmes à l'idée de ce qu'Akki avait souffert. Elle pleura, ses larmes coulèrent lentement sur ses joues. C'était une sensation bien étrange, comme si Akki était entré en elle. Elle n'essuya pas ses pleurs et les laissa tomber goutte à goutte dans l'eau amenée par le déluge et la rivière.

La pluie cessa bientôt, mais Soraya pleurait toujours. Il lui semblait qu'elle ne pourrait jamais s'arrêter, qu'elle pleurait pour toutes les peines du monde.

Quelques instants plus tard, son fils Bhanu fit irruption dans la pièce. Il était venu emmener sa mère loin de l'inondation qui sinistrait le village. Ce qu'il vit le surprit : son visage ruisselait de larmes. Comme il ne l'avait jamais connue en pleurs, il la conduisit à l'hôpital.

***

Réjane raccrocha le téléphone après sa conversation avec le docteur Bonnejoue pour un bilan des opérations en cours. Elle était déçue. Les équipes médicales étaient prêtes à faire le nécessaire pour lui reconstituer un visage, mais à condition de ne pas dépenser un sou. Tout cela n'allait pas aussi vite qu'elle le désirait et elle savait que le retard était dû à son manque de budget. Si elle avait été millionnaire, tout aurait été bien différent !

Le docteur, d'abord enthousiaste à l'idée de travailler sur cette disparition de cellules, avait fait des prélèvements épidermiques sur ses paumes de main et avait envoyé le tout à un laboratoire. Mais les résultats n'étaient pas satisfaisants et il était loin d'avoir obtenu de quoi reformer une expression entière… Il avait alors dû procéder à d'autres prélèvements, dermiques, hypodermiques, adipeux, en tentant de décrocher des extraits de kératine, de mélanocytes, de fibres nerveuses, de réseaux vasculaires qu'il mélangeait à un reste de larmes de Réjane pour en sortir la substance. Il parvenait à reconstituer l'épiderme, mais ce n'était pas suffisant.

La peau qui formait la physionomie était bien plus complexe, et le docteur Bonnejoue essuyait échec sur échec.

Au fil des saisons, lassé de ce dossier qui n'avançait pas, il était parti en vacances. À son retour, d'autres cas intéressants avaient pris la place de celui de Réjane, reléguant son problème à la pile des patients ennuyeux et peu rentables.

Le matin, Réjane se levait pleine d'espérance, mais son visage ne revenait pas. Résignée, elle appliquait la crème que le Dr Bonnejoue lui avait prescrite en souhaitant que le mélange à base de poivre, d'oignon, de suie et de pâte d'ortie finisse par raviver ses cellules de surface.

Elle ne sortait plus de chez elle. Elle se faisait livrer ses courses, et pour la réception des paquets, elle portait casquette et lunettes, ce qui masquait son absence de physionomie. Elle laissait la télé allumée pour se sentir moins seule et pour rester connectée avec le monde extérieur.

Un jour, alors qu'elle s'occupait de ses plantes, une de ses dernières fioles de larmes à la main, elle fut littéralement subjuguée par ce que la télévision diffusait. Une femme d'un certain âge accaparait l'écran. Ce qui frappa Réjane, ce furent les couleurs chatoyantes de son vêtement ainsi que ses yeux noirs maquillés : elle repensa aussitôt à la vision qu'elle avait eue, petite, en compagnie du marabout. Et ces tentures colorées sous le soleil d'Inde… Elle resta figée devant le poste lumineux, comme happée par la beauté de cette personne. C'était ça qu'elle avait vu, absolument ça.

Le visage de la femme à l'écran était incroyable, sublime au point qu'on ne pouvait cesser de l'admirer. Une physionomie détendue qui irradiait, pleine de grâce et de dignité, et un regard ouvert, curieux et profond. Pourtant, on sentait le poids d'une vie simple et difficile : la vieille dame était assise dans une maison de terre, avec bien peu de choses. Elle avait l'air d'avoir toutes les peines du monde et malgré cela, elle était si belle et si forte ! Elle était la voix de la sagesse, ne connaissait ni la peur ni la colère. Réjane pouvait voir tout cela dans son sourire et elle se disait que si elle avait pleuré pendant toutes ces années, c'était pour compenser la douleur de l'Indienne.

Quand elle aperçut cette femme indienne à la télévision, elle sentit un oiseau s'ébrouer dans son cœur, qui lui chantait la mélodie de l'espérance, lui promettait bonne humeur et compassion. Elle sut alors qu'elle devait la rencontrer en personne, lui toucher le visage, s'imprégner de sa beauté salvatrice. Elle reposa la fiole de larmes qu'elle tenait encore à la main, griffonna rapidement sur un papier le nom de la ville qui s'affichait à l'écran, ainsi que celui de l'Indienne : « Soraya ».

Il n'y avait pas une minute à perdre. Continuant dans son élan, elle prépara une petite valise avec quelques affaires et réserva sur internet le premier vol pour New Delhi. C'était la première fois de sa vie qu'elle entreprenait un si long voyage, mais elle savait que sa destinée l'attendait dans le village indien.

Au moment de l'embarquement, à l'aéroport, elle tendit son billet et son passeport.

— Madame Dubois ? Veuillez vous présenter au guichet s'il vous plaît.

— Oui, je suis ici, devant vous.

Réjane était accoutumée à ces réactions étranges à son égard : pratiquement invisible aux yeux des autres, elle n'était qu'une ombre, une passante sans intérêt. Le steward balaya la salle du regard. Réjane levait pourtant la main, à un mètre de lui.

— Ici !

Il l'aperçut enfin et la fixa longuement, en fronçant les sourcils, comme s'il tentait de déchiffrer un message codé. Puis il lâcha :

— Ah oui. Bon voyage, Madame.

Une fois assise à l'intérieur de l'avion, Réjane constata avec soulagement qu'elle n'avait pas de voisin, ce qui lui épargnerait la peine d'avoir à démontrer qu'elle était bien là. Le vol passa rapidement et personne ne vint la déranger, ne serait-ce que pour lui apporter un verre d'eau ou un plateau-repas. Réjane ne se manifesta pas pour faire réclamation et elle mangea les provisions qu'elle avait emportées avec elle.

Arrivée à la douane de New Delhi, elle avança entre les files sans qu'on lui demande ses papiers. Elle monta dans un train pour Jaipur, puis dans un bus pour Sumerpur, suivant les panneaux et son instinct, surtout. Autour d'elle, des faciès basanés, des yeux noirs perçants et doux à la fois, des enfants aux pieds sales qui chahutaient en riant, des femmes aux saris bleus, parme, or, verts... Des odeurs aussi : celle de l'urine et de l'eau croupie, le fumet des plats de riz épicé, la poussière, la transpiration. Elle se laissait bercer par toutes ces choses nouvelles dans la chaude moiteur des transports en commun indiens, invisible de tous, comme dans un rêve. Le brouhaha des voyageurs, le caquètement des poules, les sonneries de téléphone, tout cela se mélangeait en une heureuse cacophonie synonyme de joie de vivre.

Sur le chemin, ses yeux croisèrent des temples hindous, des montagnes, des lacs. Elle décida de terminer à pied la dernière partie de son périple. Elle voulait prendre le temps sur ces 17 km restants, se préparer à la rencontre avec Soraya. Qu'allait-elle lui dire ? Elles ne parlaient même pas la même langue ! Dans sa valise, elle avait amené des pousses de plantes élevées aux larmes, parce qu'elle ne savait pas quoi apporter d'autre comme offrande. Elle serait ridicule... Et Soraya allait être horrifiée : sans visage, elle était une monstruosité de la nature.

Peu à peu, elle ne pensa plus à rien. Elle observa le monde qui l'entourait, tout en avançant, s'imprégnant de ces images, de ces sons, de ces odeurs. Elle vit le réservoir de Jawaï, admirant la grande étendue d'eau habitée par de nombreux oiseaux, les montagnes dessinées au fond, les barques qui flottaient, la statue géante de divinité agenouillée et la vache sacrée. Elle passa comme un souffle sur le chemin, frôlée par les triporteurs, les camions, les scooters. Même les mouches la laissaient tranquille.

Enfin, le village se profila à l'horizon, dans un nuage de poussière et de chaleur mêlées.

Une longue file de personnes patientait déjà pour la maison de Soraya. On disait qu'elle faisait des miracles. Après ce voyage, Réjane se sentait à la fois vidée et prête à repartir à zéro. C'était comme si le trajet, son pèlerinage, l'avait nettoyée des mauvaises choses qui persistaient en elle et qu'elle arrivait devant Soraya l'esprit vierge et neuf.

Elle patienta dans la file. Personne ne prêtait attention à elle, au fait qu'elle soit la seule européenne, une étrangère au milieu des profils indiens. Devant elle, un vieillard sans dents et aussi maigre qu'un chien affamé se tenait appuyé sur un bâton. Il semblait mâcher en permanence, sa bouche disparaissant à intervalles réguliers à l'intérieur de son menton, comme absorbée par les replis de sa mâchoire désormais souple.

Beaucoup de monde attendait, la plupart ayant des enfants dans les bras, attachés au sari ou sur le dos. Un homme patientait avec une vache aux cornes ornées de fleurs. Au bout d'un moment, une pluie fine se mit à tomber. Les uns en profitèrent pour se frotter le visage, les autres pour remplir des récipients, mais personne ne se plaignit.

Réjane aperçut une rivière marron serpenter non loin de là et elle se souvint du reportage à la télévision. À elle seule, Soraya avait terrassé un crocodile qui terrorisait le village. Celui-ci avait été retrouvé mort, sur le dos, dans sa chambre à coucher. On disait qu'elle avait sacrifié une partie d'elle-même pour empoisonner la bête, mais qu'à la disparition du reptile, elle avait miraculeusement remarqué, le corps entièrement régénéré, du cheveu à l'orteil et que depuis, elle partageait son miracle avec les pèlerins.

Enfin, ce fut au tour de Réjane d'entrer dans le sanctuaire. Elle fut immédiatement éblouie par toutes ces guirlandes de fleurs qui décoraient l'intérieur. En plein milieu de la pièce, une peau de crocodile s'étalait. Réjane pensa au surnom qu'on lui donnait autrefois, « crocodile », et elle se dit que ce qu'elle avait toujours voulu, c'était simplement d'être comme les autres. Avoir une vie normale.

Au fond de la salle, Soraya trônait, assise en tailleur sur un coussin, par terre. Réjane s'agenouilla pour être à sa hauteur. Ses pieds magnifiques étaient ornés de tatouages et de fleurs de jasmin, avec des ongles rouges et des bagues brillantes aux orteils.

Réjane déposa ses boutures de plantes, qu'elle avait disposées dans de tout petits pots.

Elle s'attendait à devoir faire de grands gestes pour s'expliquer, mais Soraya la regardait droit dans les yeux en souriant. Réjane resta sur sa réserve, craignant une grimace ou un signe de dégoût, mais il n'en fut rien. La femme la dévisageait, et sans un mot, elle lui prit la tête dans les mains pendant un long moment. Réjane sentit une douce chaleur fondre sur ses joues. L'Indienne trempa ensuite son doigt dans un bol de pâte de curcuma et dessina des motifs symétriques sur le visage de Réjane. Puis elle recouvrit son front d'un joli voile bleu turquoise aux fils dorés et lui plaça autour du cou un ruban qui tenait une dent de crocodile.

Réjane ferma les yeux. Elle entendit une voix lui dire :

— Je t'attends depuis si longtemps... Sans le savoir, tu portes mes peines depuis tellement d'années que tu en as oublié ta propre personnalité. Le jour où tu as perdu ton visage, tu m'as donné tes larmes, moi qui ne pleurais jamais. Elles m'ont libéré... Merci. Maintenant, c'est à mon tour de te libérer. En sortant de cette maison, va te laver dans le fleuve. Tu seras une nouvelle femme et comme moi, tu pourras enfin être toi-même.

Réjane rouvrit les yeux et sans parler, prit Soraya dans ses bras.

Puis elle se leva et se dirigea vers la rivière, qui n'appartenait plus à aucun crocodile à présent. Les gens de la file d'attente l'observaient avec curiosité, elle qui était fardée de peintures orangées. Lentement, elle ôta ses chaussures et entra dans l'eau, tout habillée. Elle pencha la tête en avant, jusqu'à sentir la surface de son visage immergé, et elle rinça soigneusement son masque de curcuma. Enfin, elle se redressa et leva les yeux vers le ciel. Entre les nuages, un arc-en-ciel se dessinait et un rayon de soleil perça, caressant sa peau. Une des cellules de sa joue se mit à s'agiter et à la chatouiller.

Elle sentit un picotement sur les lèvres, un frisson dans son cou. Une autre cellule se réveilla, se mit à en bousculer une autre, puis à taquiner un pore de sa peau... Tout son épiderme se ranima, vibrant de sensations sous le soleil. Réjane ne put s'empêcher de rire comme un enfant à qui l'on ferait des papouilles.

Elle regarda le reflet que lui renvoyait l'onde. Son visage était revenu, et de surcroît, il n'avait jamais eu l'air aussi jeune, frais et reposé. Elle paraissait dix ans de moins ! Le sourire aux lèvres, apaisée au fond d'elle-même et comme délivrée d'un poids, elle sortit de l'eau, respira profondément et observa le monde d'un œil nouveau. Elle se sentait bien. Elle avait faim.

Elle eut soudain envie de cuisiner un poulet au curcuma

Fin

Photo couverture : Pixabay @Janeb13
ISBN n° 978-2-9536853-6-7
Achevé d'imprimer en mai 2026
Par Amazon KDP
Dépôt légal : juillet 2016
Editeur : Marie Havard
Auto-édition